Je hais l'été

Du même auteur

Oki ne voit pas le mal
Mille et une nuits, 2007.

Gallotta, souvenirs obliques d'un chorégraphe
(essai biographique, photographies de Guy Delahaye).
Actes Sud, 2005.

Les rêves ont leurs usines
(histoire culturelle, photographies de Guy Delahaye).
Glénat, 2004.

Mon lointain parent
(théâtre), Comp'act, 2004.

La Fille d'Emma
(roman), Grasset, 2001.

La Robe rouge
(théâtre), Paroles d'aube, 1998.

Jeanne heureuse
(théâtre), Comp'Act, 1998.

Qui va là??
(écrits sur le théâtre), Comp'Act, 1998.

La Minute de silence
(théâtre), Comp'Act, 1992 et 1995.

Gallotta et le groupe Émile Dubois
(en collaboration), Dis Voir, 1988.

Claude-Henri Buffard

Je hais l'été

MILLE ET UNE NUITS

Illustration de couverture :

Laurence Bériot

www.misslalla.net

ISBN 978-2-84205-983-5

Pour ma mère,
qui ne s'en étonnera pas.

Rien que le nom, déjà. *Été* ! Pauvre petit palindrome étique avec sa tête de participe passé. L'été, qui, retourné dans tous les sens, reste désespérément été, enfilade de jours atrocement identiques et réversibles. Été : qui ne participe pas du présent. Vieille onomatopée usée jusqu'à l'os (« *T'étais où, c't été ?* »). Être ou avoir été. Tout est dit.

Saison du prêt-à-suer, l'été transpire de promesses non tenues. Les matins enchanteurs ne débouchent que sur la laideur crue de la journée, les voluptueuses soirées n'ouvrant que sur des nuits d'insomnie, de sudation et de moustiques.

L'été, les débordements de chair me font honte, la plage m'horripile, les maîtres-nageurs me font sourire, les body-buildés me font pouffer, les strings me font glousser, le farniente m'anéantit, la sieste me fait périr, le pastis j'en peux plus, le soleil me fait ruisseler, les allergies me font boutonner, la chaleur me fait diarrher, les abricots me font dysentrir, les vipères me font peur, les couleuvres me font pareil, les « Alors, c'est les vacances ? » me laissent coi, les juilletistes me font haïr les aoûtiens, la télé me barbe, les tubes de l'été me rasent, la vacuité me fait mourir.

L'été, tout pue, tout sue, des aisselles aux poubelles. L'été dégouline. Du beurre du petit déjeuner oublié sur la table de la terrasse au cerveau inutilisé qui tourne à la sauce blanche sur le sable de la plage, l'été est la saison du devenir-mou. On se regarde mollir ensemble, le cul sur la serviette, ou en grappes sur des ruines incertaines, ou le corps incurvé dans une chaise longue. On aime le mou que l'on devient. On est bien.

On se veut mou, on se vautre mou, on se demande même à haute voix comment on a pu ne pas l'être plus tôt, mou, comment on a pu ne pas exiger de l'être lorsqu'on était en ville, l'hiver, que l'on s'échinait à se rendre utile.

On ne vit plus qu'à l'aune du doseur d'anisette, de la bouteille de rosé de Provence. On voudrait que ça ne s'arrête jamais. On se roule dans l'instant présent comme les chiens des villes dans le sable. On reviendra l'année prochaine.

Je hais l'été. Belle saison, vos beaux jours me font mourir d'ennui. D'ennui, belle saison, vos beaux jours me font mourir. Me font mourir d'ennui, vos beaux jours, belle saison.

Les visites guidées

Je hais les shorts et les visites guidées. Familles, je vous hais quand vous déambulez en tee-shirt siglé et flasque bermuda dans les couloirs du château-où-vécut, de la maison-où-naquit, de la chambre-où-mourut. Je vous hais, maris balourds qui glissez des bons mots à l'oreille des dames pour les faire glousser devant le lit à baldaquin d'un Louis numéroté. Je vous hais, épouses en corsaire moulant à larges rayures jaunes et bleues, qui achevez d'engouffrer un sandwich au saucisson, tout en vous extasiant haut et fort sur les tentures à larges rayures jaunes et bleues de la salle des Merveilles qui feraient bien dans le salon-tu-trouves-pas-Momo ?

Parce que l'ennui naquit un jour de l'uniforme été, on inventa ce pensum estival qu'est la visite guidée – tenue correcte exigée. La visite guidée est un exercice qui consiste à distraire le vacancier (l'horrible mot !) avec quelques anecdotes du passé afin qu'il n'aille pas trop s'intéresser au présent et à diriger son regard sur l'Histoire afin qu'il oublie le moche aujourd'hui.

Apprenez que la Révolution commença ici même, sur cette place, sous ces murs centenaires, et vous pourrez tranquillement continuer à ignorer dans quelles conditions ils viennent d'être bradés à une société immobilière off shore mieux-disante et très offrante. Régalez-vous des galipettes de Louis XV avec la du Barry, cela vous évitera de vous égarer dans les méandres nauséabonds de la gestion municipale actuelle.

Je me fous que la maîtresse de Bonaparte ait surpris la pétillante Madame de Surgé avec son amant dans ce lit à baldaquin, lequel baldaquin n'est pas vraiment d'origine, ni le lit d'ailleurs, pas plus que la chambre, non madame, mais l'histoire est bien jolie quand même.

Je me moque que le chevalier Bayard se soit débarrassé à lui seul d'une troupe ennemie de cinquante hommes sur ce monticule à l'herbe glissante, tu-te-rends-compte-cinquante-à-lui-tout-seul-c'est-pas-toi-qui-ferais-ça-mon-pauvre-chéri. Je me moque que le duc de Quelque-Chose ait été plus grand mort que vivant-tu-crois-que-c'est-possible ? Je me moque que Lady Mitford ait aimé se reposer dans ce boudoir avec vue sur la rivière en écrivant des lettres à ses galants lointains-c'est-pas-à-moi-que-ça-arriverait. Je me fous que Don Bodeo de Nacia aimât à trousser de jeunes servantes dans les Écuries royales-on-dit-même-que-dans-ce-box-il-s'-en-est-passé-d'autres. Je me moque du surintendant Larqué qui vécut à Mont-lès-Oriol de 1622 à 1639. Il y aurait vécu de 1415 à 1914, c'eût été pareil, je me moque qu'il ait eu trois épouses et quatre maîtresses, dont la rouée comtesse d'Entremont qui fut également la favorite de Louis XVIII et dont un portrait exceptionnel orne le vestibule actuellement en réfection.

Pour terminer la visite, remarquez ce trou percé dans la muraille par lequel la reine Sofia surveillait les faits et gestes de son amant ; en-vous-penchant-vous-apercevrez-également-la-boutique-de-souvenirs-où-nous-allons-nous-rendre-dans-quelques-instants.

Je hais le petit ventilateur en plastique en forme de moulin à vent à ventouser sur le tableau de bord de ma voiture – acheté douze euros un quinze août sur le plateau de la Mancha.

Je hais les porte-clés et les foulards, les crayons qui s'allument et les cartes musicales. Seules les boules de verre que l'on renverse pour qu'il neige sur les basiliques et les châteaux, sur les monuments nationaux et sur les paysages écrasés de soleil m'apportent un peu de réconfort.

L'ombre

Je hais l'injonction : tu n'as qu'à rester à l'ombre. Comme si l'ombre permettait de se soustraire à l'été, alors qu'elle en est l'un des deux principaux attributs, de la même manière que l'ubac modèle la montagne autant que l'adret.

L'ombre fait partie du décorum de l'été. Elle est même le symbole de ce que la saison charrie de pire : l'inactivité. Elle est l'écrin de l'oisiveté triomphante, revendiquée, satisfaite, rassasiée, assouvie, digestive. L'ombre et son cortège de hamacs où suintent, comme des salamis dans leurs filets, des outres humaines et roupillantes.

Je hais les ombres de l'été. À l'ombre des platanes, on attrape la mort ; à l'ombre des bouleaux, on y paresse sans qu'il y paraisse ; à l'ombre des cocotiers, ce n'est que lait et bosses ; à l'ombre des pins parasols, on chope l'accent ; à l'ombre des pommiers, « colique dans les près » ; à l'ombre des palétuviers, on attrape rhume au cul ; à l'ombre des plaqueminiers, on ne se souvient même plus du nom de leurs fruits ; à l'ombre des jeunes filles en fleurs, on fraye avec les regrets ; à l'ombre des noyers, je pense à ceux qui s'y sont pendus ; à l'ombre des ifs, rien d'autre à faire que des mots croisés ; à l'ombre des chênes, je n'en fous pas une ; à l'ombre des tilleuls, les amants se mentent ; à l'ombre des saules, je retiens mes larmes ; à l'ombre des cyprès, je redoute la promiscuité ; à l'ombre des hêtres, j'attrape le syndrome de Hamlet ; à l'ombre des mélèzes, je sens déjà le sapin.

Les cris d'enfants

Je hais la loi qui, si prompte à fixer les limites du bruit en matière de circulation routière et de tapage nocturne, ne contient pas de prescription technique en ce qui concerne les décibels que peuvent atteindre les voix d'enfants dans les maisons familiales, les après-midi d'été, autour de la piscine par exemple, et qui excèdent pourtant largement les limites du seuil de tolérance.

Le cri d'enfant est sacré. Plus indisposant et plus durable que n'importe quelle tondeuse à gazon ou aboiement de chien, qu'une volée de cloches ou que des mugissements de vaches, le cri d'enfant ne fait jamais l'objet de plaintes. Pourtant, connaît-on bruit plus strident, plus répétitif, plus lancinant que l'appel au secours à la mère du benjamin à qui, maman, y a Jérôme et Sébastien, ils font rien qu'à me faire boire la tasse ? Qu'y a-t-il de plus pénible en retour que les vociférations de la mère qui lui répond de la fenêtre du premier étage y en a assez maintenant, Jérôme et Sébastien, vous arrêtez, et toi arrête de crier aussi comme ça pour rien ? Qu'y a-t-il de plus usant pour les nerfs que les rires conjugués, étranglés, exacerbés de la marmaille surexcitée par le soleil, l'eau et la fatigue ? Que connaît-on de plus insupportable que toute cette joie enfantine braillée des heures durant qui s'en va se répercutant sur les champs de blé comme se propagent des ronds dans l'eau, se mêlant aux jacassements et bavardages naturels du terroir, formant avec eux une vaste cacophonie qui, de hameau en hameau, résonne sous le soleil et se moque éperdument d'avoir fait disparaître à jamais, à l'instar de la luciole des chemins, une espèce qu'on disait protégée : le silence de la campagne.

L'accent

Je ne hais pas l'accent du Midi, je hais cette façon méprisante de l'imiter qu'affectionne la meute vacancière à peine débarquée de l'autoroute A7. Chaque jour de l'été, sur le coup des onze heures, aux terrasses repues, de Saint-Assez à Trop-les-Pins, de Port-Vendu à Marina-sur-Bail, c'est la même parodie du Sud (le Sud, tout en vrac, les accents de Marseille, de Perpignan et de Cahors pris dans la même caricature approximative) qui se fait entendre autour des tables en plastique blanc moulé de chez Auchan, sous les parasols apéritifs. Un mot supporte cette misérable singerie : le pastis.

« On se le boit, ce pastis, fatche de con ? » Condescendante, la France du Nord marseille, la France raimuse, la France pagnole. « Et avé le glaçon, s'il te plaît, cong ».

Un jour, si j'ai le courage, devant les amis réunis en terrasse, un quinze août par exemple, pour faire date, je me lèverai et, solennellement, avec l'accent pointu de monsieur Brun, j'exigerai haut et fort : « Un whisky ! » Je sais ce que je risque. La mise au ban. Toi, pour casser l'ambiance ! J'assume. Mais il faut savoir se lever parfois, seul contre l'ordre du monde. Alors, buvant à la face des autres mon breuvage allogène sans glace, je me verrai comme cet étudiant chinois – même chemise blanche – arrêtant à lui seul la colonne de tanks du Parti, c'est-à-dire une armée entière d'endoctrinés, défiant les formes les plus insidieuses du colonialisme estival qui règnent juste au-dessous du quarante-cinquième parallèle de latitude nord.

Le Tour

Je hais le supporter du Tour de France. Quand je dis « le », je veux dire les quelques dizaines de milliers que l'on rencontre sur le bord des routes des étapes de montagne. Je hais particulièrement celui qui campe le long des treize lacets de la montée de l'Alpe-d'Huez dans les premiers jours de juillet. Il est venu en camping-car la veille au soir, avec la famille. Il a retrouvé ses amis belges et italiens de l'année dernière, des Alsaciens aussi, et des Bretons. Il a bu avec eux du vin de pays dans des gobelets en plastique autour de la table pliante. Il a profité de la fraîcheur de la nuit tombante pour tracer le nom de son héros en larges lettres blanches sur le goudron. Il s'est posté dans le creux du onzième lacet, à deux virages du sommet, là où le coureur hollandais, pas l'espagnol – déjà arrivé, l'espagnol –, où le coureur des pays plats, les yeux absents, juché sur ses boyaux, crache ses tripes ; là où, avec un peu de chance, il saisira la mort dans le viseur de sa caméra Sony, pas forcément le scoop de la mort, bien sûr – tout le monde n'a pas la chance d'être là au moment où Tom Simpson, immobilisé sur ses pédales, dans la montée du mont Ventoux, se couche définitivement dans la pierraille du bas-côté –, mais au moins la promesse de mort, qui viendra plus tard, après le Tour, ou dans quelques années, et qui permettra de s'en diffuser les images entre amis sur l'écran plat du téléviseur.

Ce coureur qui meurt de trop de soleil, de trop d'hormones, de trop de hurlements, est à la merci du coup de grâce, par exemple de la bouteille d'eau que le supporter exalté, qui court et gesticule à côté de lui trente mètres durant, lui déverse bientôt sur la nuque, et qui manque de le faire chuter en lui gueulant des encouragements hors d'haleine dans l'oreille… Nous en vîmes un il y a quelques années qui se campa solidement sur ses jambes au beau milieu de la route pour saisir le coureur plein cadre dans son objectif deux cents millimètres. Il le prit pleine face. Seul en tête depuis huit heures, le coureur chuta. Après être remonté sur son vélo, il gagna l'étape. Alors plutôt que de lyncher le fautif, on l'interviewa. Il était désolé. C'est qu'il le voulait tellement, son poster du forçat en danseuse, bariolé de publicités, sur le mur du salon. Pour raconter ses vacances d'été. J'y étais.

Escouades

Je hais la *Calliphora vicina*. Cette mouche, bleue et verte, aux reflets dorés et moirés, appartient à la faune des cadavres. Elle constitue avec quelques collègues la première escouade, l'envoyée spéciale de la mort, la mouche légiste qui, par sa seule présence, délivre le certificat de décès. Si, au cœur de l'été, l'une d'entre elles vient à s'approcher de vous (soyez sûr toutefois de ne pas la confondre avec une *Calliphora vomitoria*, celle qui rôde autour des fosses septiques et des poubelles), après avoir soigneusement vérifié son identité, inquiétez-vous. Il y a urgence. De la chair se décompose non loin : au bout de votre terrain, dans votre propre enclos, entre les murs de votre propriété ; un animal domestique (un chat, le vôtre peut-être), un sanglier qui a perdu sa harde, ou un vieil humain de la famille oublié depuis quelques heures au soleil, ou simplement vous-même, anesthésié par la chaleur, qui ne vous sentez pas pourrir, qui n'avez pas compris que cette petite plaie noire au creux de la cheville, à la pliure du coude, est un début de nécrose galopante.

La *Calliphora vicina* ne vole pas, elle zone. Souvent lourde, mouche-cargo ballonnée par on ne veut pas savoir quelle provision arrachée sous la paupière d'on ne sait quelle charogne, elle aime à flotter à la hauteur des visages. À l'intérieur, elle se cogne volontiers au chapeau de la lampe, puis contre le carreau, se laisse ensuite tomber à la verticale le long de la vitre avant de repartir au ras du plancher. Elle ne nargue personne, elle ignore. Elle ne cherche ni à piquer ni à sortir. Elle vole de façon digestive, routinière, indélicate.

Une autre vient, plus petite, plus nerveuse, me colle. Une *Ophyra*, je le sais, je le sens. Plus je la chasse, plus elle revient. Elle frôle, agace. Je ne lui donne pas trente secondes à vivre. Je suis plus fort qu'elle. Elle trinquera pour l'autre. Tapé trop fort. De son abdomen jaillissent du rouge et du noir mêlés qui laissent une trace sur le carreau.

Sur la terrasse ou dans la chambre, elles nous attendent. L'espace et la saison leur appartiennent. Une autre encore viendra, elle se posera sur une paupière, sur un poignet, sur une hanche, au creux d'un genou, partout où la chair est tendre, et elle l'entamera. Elles ne viendront pas par milliers, une douzaine de travailleuses suffiront pour ouvrir la brèche. Puis elles s'en iront, repues, chassées par les *Sarcophaga* ou les *Lucilia*. L'été, elles se succèdent à un rythme élevé. Quelques semaines suffisent aux sept escouades pour faire disparaître proprement un corps de la surface de la terre. L'été ne sera pas fini que certains d'entre vous – d'entre nous – l'auront rejointe, la terre, sous la forme de milliers de petites squames qui iront nourrir l'humus.

Le vert

Je hais le vert. La couleur verte. Le vert changeant de la mer, le vert d'émeraude des golfes clairs, le vert brun des pins parasols, le vert topaze des lagons, le vert dragon des grenouilles, le vert pré, le vert naissant, le vert bleuâtre des oliviers, le vert foncé des caroubiers, le vert plus clair des pins marins, le vert pomme des figues, le vert figue des lézards, le vert lézard de la chlorophylle.

Je hais le vert herbu, le vert gai, le vert jaune, le vert de chou, le vert d'olive, le vert d'œillet, le vert de céladon, le vert roux, le vert Chartreuse, le vert d'iris, le vert de montagne, le vert de Hongrie, le vert de Scheele, le vert de vessie, le vert d'Égypte, le vert de Brunswick, le vert campan je ne sais pas ce que c'est, le vert de chrome, le vert de Corse, le vert de cuivre, le vert de Florence, le vert de Gênes, le vert de Suze, le vert doré, le vert des dames, le vert de Chine appelé Io Kao, – tous ces verts existent, je le jure –, le vert de Paris sur les feuilles de pommes de terre, le vert-de-gris qui fait l'aigreur de la vie.

L'été, il faudrait à toutes forces aimer le vert, s'ébaudir sur « la terre verte de lauriers, d'orangers et de myrtes », sur « la verte cigale, amante des bruyères », sur « les verts rameaux qui penchent leur chevelure ».

À Bouchillon, de la terrasse, je distingue, tout au fond du paysage, la bande vert foncé des monts du Matin. Devant, la masse sombre vert bouteille de la forêt. Venant vers nous, les veines vertes des départementales bordées de platanes, qui sillonnent le vert plus clair de la luzerne. Au bout du jardin, la haie verte des lorraines. Sur la table, la salade verte du potager. À l'intérieur, le ver vert qui prolifère les mois sans « r ».

Au secours.

Du vert jusqu'à en vomir. Et quelques malheureuses premières cerises n'y peuvent rien. Du vert répandu partout. Étourdis, chloroformés nous sommes, dans cette vaste salle d'attente qu'est la nature où, comme celle du dentiste aux murs tendus de toile verte pour apaiser le client, l'on nous prépare à la grande désensibilisation finale, à l'anesthésie définitive.

Toi qui aimes l'art, me dit-on, apprécie au moins l'esthétique, la composition de ce tableau. De ce tableau ? Au réalisme dou teux ? Mais seul le citadin honteux, devenu soudain chlorophyllo-dépendant, peut vouloir en acheter le poster pour sa salle à manger. Désolé, je ne peux adhérer à ce monstrueux ouvrage monochrome dont aucun dictionnaire d'art n'est capable de situer la date exacte de composition ni de référencer le nom du ou des auteurs.

Je donnerais toute cette œuvre-là pour un seul Véronèse.

La piscine des amis

Je hais la piscine de Maud et Robert. Mais qu'ils ne s'offusquent pas, je hais aussi celle des Verdier, celle de Marie et Gérard, celle aussi de Tristan et Noémie.

Vues d'avion, les piscines ont un certain charme, elles forment dans le paysage des sortes de taches que la nature ne connaît pas, rectangulaires (il y a toutefois des exceptions, dans les régions chic, elles sont en forme de haricot, de nénuphar, voire de guitare du côté de Beverly Hills), d'un bleu inconcevable, placées au milieu du vaste dégradé de vert, à quelques mètres des toits rouges.

J'en connais beaucoup, de vue. La plupart de mes amis en ont une. Celle des Verdier, avec un barbecue en fausses pierres naturelles de chez Auchan ; celle de Marie et Gérard, toujours vide et marécageuse, à cause de la pompe, dit Gérard, à cause de l'humidité, dit Marie ; celle de Noémie et Tristan, avec de petits lampadaires tout autour, un barracuda automatique pour la nettoyer.

Si je hais particulièrement celle de Maud et Robert (bien que je n'aie rien par principe contre sa forme en haricot), c'est parce que, au bord de cette piscine-là, il y a Maud et Robert. Et que Maud et Robert rameutent, en août, Jérôme, Liliane, Paule, Germain, leurs enfants, Élodie, Pierre et sa mère.

Autour des piscines, l'été, contrairement à ce qu'on s'imagine quand on n'en possède pas, et qu'on feuillette en rêvant les pages des catalogues, il y a peu de ces grands éclats de rire, de ces jeux familiaux où la mère attendrie regarde le père comme le plus turbulent de ses enfants, de ces larges brassées d'eau qui irisent l'air et qu'on s'envoie à la figure en poussant des cris d'orfraie. Il y a Germain qui somnole ; Paule qui s'emmerde ; Liliane et Maud qui parlent entre femmes ; Élodie qui feuillette *Match* en surveillant Jérôme ; Kevin qui hurle.

Il arrive même qu'on meure autour des piscines familiales. Un enfant, dans trente centimètres d'eau, vous vous rendez compte, à quoi ça tient ; un vieil homme, après le repas trop arrosé de rosé, endormi à l'ombre, mais rattrapé par le soleil, le ventre et le front en voie de torréfaction.

Autour de la piscine de Maud et Robert toutefois, on ne meurt pas, on s'ennuie, sans le savoir, on croit se faire dorer quand on se fabrique nonchalamment des petits cancers de la peau. On observe la cellulite de ses cuisses, la tache qui n'est pas une varice le long du mollet, mais qui pourrait le devenir, on aime son épaule si hâlée, on s'étonne d'être seul à l'aimer, on ressasse les mêmes rancœurs qu'en hiver, mais sans le secours du feu de bois ; on dit « on est bien à ne rien faire » ou « à ne penser à rien », alors qu'on ne cesse de laisser remonter en soi, comme des aigres renvois, ses petits ratages, ses projets oubliés, ses désirs censurés. On pense à la rentrée scolaire, c'est dans un mois, chez Auchan ils auront remplacé les tables de camping, il y aura déjà les cartables.

Au bord des piscines, l'été, on touche le fond, on mesure la vacuité de sa vie, on prend conscience que c'était la même chose l'année dernière, même maillot, même serviette, même huile solaire, la même chose qu'il y a dix ans (autre maillot, autre serviette, autres lunettes de soleil...).

Même cadavre de mulot qui, l'ombre venue, dérive le ventre en l'air à la surface verdissante de l'eau.

Apocalypse

Ravageant deux mètres carrés d'herbe (dont six cents centimètres carrés de fesses), le pique-niqueur, satisfait, en empathie avec la nature, accomplit avec la bonne conscience de tous les impérialistes sa petite catastrophe écologique quotidienne. Car, sous lui, le microcosme est en alerte. Une colonie entière de fourmis a été surprise en pleine activité quotidienne. C'est Pompéi. Les artilleuses n'ont rien vu venir, les galeries sont coupées, la salle de garde est dévastée, le grenier à viande est foutu, la réserve à graines est vidée, la crèche pour les larves et les nymphes n'est plus que désolation. Alentour, des cloportes mâles agonisent, sur le dos, ridicules, agitant pattes et organe sexuel dans une même pitoyable tétanie. Des femelles n'attendent plus rien d'eux, écrasées dans la position du commerce sexuel. Quarante coïts sauvagement interrompus et c'est tout l'équilibre écologique de la prairie pour au moins une journée qui s'en trouve bouleversé. C'est du coup un terroir entier qui en est dérangé. Que dis-je, un terroir ? un département ! Un coït interrompu ici, une catastrophe écologique à l'échelle d'un pays.

Ici, l'herbe ne poussera plus, ni sous les fesses du pique-niqueur, ni sous le jet de Coca-Cola trop tiède qu'il recrache violemment. Seules quelques abeilles pillardes, alertées, y trouveront peut-être leur compte. Beaucoup de fourmis, désemparées, finiront agglutinées aux semelles des espadrilles. Quelques-unes, sisyphéennes, repartiront avec des miettes ou des grains de riz plus gros qu'elles, mais n'iront pas plus loin que le bout de la nappe de papier qu'une main vient de rouler en boule. Leur calvaire ne finira pas là, on jouera au football avec.

La mort de la fourmi au milieu des cris de joie de la race supérieure.

Plage avec gens

Dans la partie supérieure du paysage, figurant le lointain, étalé de façon très académique, un large à-plat de bleu franc couvrant les quatre cinquièmes de l'espace, appelé ciel. Décrivant une lente courbe en son milieu, une tache jaune vif, mouvante, aux contours imprécis, irregardable, une étoile moyenne, qui va passer ainsi au même endroit, un peu plus de quatre milliards d'étés encore. Dessous, une bande horizontale tirée au cordeau, verte ou bleue, selon, qu'on voit danser, reflets d'argent et blancs moutons. L'ensemble, titré de façon très conventionnelle « plage au mois d'août », est assez figé, stéréotypé, déjà vu. Mêmes couleurs, même pâte, même dessin que chaque année. On pourrait croire à un faux tellement le tableau est identique à lui-même. Factice à force d'être trop bien imité.

Au second plan, la mousse blanche, la mousse pas toujours blanche des vagues qui ressassent leur ressac et déposent sur la plage méduses mortes et vieilles sandales, crabes gris et papiers gras. Spectacle remâché un milliard de fois. Usé jusqu'à ce que l'hydrocarbure y apporte enfin une touche nouvelle, gluante et noire.

Au premier plan, quatre rabanes étalées à côté d'un parasol à larges tranches orange et blanches vantant un soda à consonance italienne. À l'ombre, une boîte de plastique translucide à couvercle jaune vif qu'on appelle Tupèrouère et quelques tubes disposés à côté, en vrac : huile solaire, ketchup, apaisant après-soleil, mayonnaise, antimoustique. Autour, aucune âme qui vive. Seulement des corps qui suent, graisseux d'huiles protectrices à base d'aloès enrichi et de crème de carotte allégée, les chairs incrustées de grains de sable.

Dans l'air flottent des odeurs mêlées de merguez et de Nivéa. Il y a une Vache-qui-rit oubliée au soleil, qui se répand indolemment sur la couverture trop colorée d'un roman obèse. Il y a un thermos. Il y a un journal de potins dont le vent tourne les pages criardes sans se soucier du sens. Il y a un poste de radio portatif qui vante les mérites d'une huile solaire, d'un ketchup, d'un apaisant après-soleil, d'une mayonnaise, d'un antimoustique. Il y a un téléphone qui se décharge en bippant. Il y a un enfant qui s'ennuie. Il y a un gros monsieur avec un chapeau en papier journal. Il y a un adolescent qui n'écoute pas la mer, un casque sur les oreilles. Il y a un couple rôtissant qui s'occupe de ses fesses. Il y a des châteaux de sable détruits.

Il y a une traînée d'huile farcie de grumeaux agglomérés sur les parois du Tupèrouère. À l'intérieur, quelques moitiés de tomates molles et transpirantes baignent et se désagrègent, insaisissables, dans une sauce grasse constellée d'œils de vinaigre.

On a oublié les fourchettes.

La sieste

La sieste est un repos (accompagné ou non de sommeil) pris après le repas de midi, *a las dos de la tarde.* L'été, on n'y coupe pas. S'il arrive jamais qu'en traversant Saint-Jean-de-Raz un des mille petits accidents dont se composent les vacances d'été vous oblige à séjourner tout un jour en cette ville, où je suppose que vous n'avez comme moi ni parents ni amis, ni intérêts qui vous appellent, vous serez pris infailliblement au bout d'une heure ou deux par ce morne et profond ennui qui enveloppe la saison comme une atmosphère, et qu'on respire particulièrement dans la capitale des *Douradous* (le douradou est une sorte de nougat fondant-pas-dans-la-bouche qu'on rapporte à ses amis qui ne comprendraient pas qu'on puisse passer à Saint-Jean-de-Raz – comment, vous êtes passés à Saint-Jean-de-Raz et vous n'avez pas… ? – sans leur rapporter des douradous).

Je sais qu'il est d'autres endroits, dans le Midi, où le même vent d'ennui, mille fois plus funeste que le mistral ou le sirocco, est aussi pénétrant et s'infiltre dans tout votre être d'une façon aussi sournoise et aussi glutineuse.

Tentez l'expérience ailleurs si vous le souhaitez, marchez dans les rues de Gorges-les-Fontaines, de Mirmirande ou de Vaulx-en-Sure, un jour de juillet ou d'août, entre treize et seize heures. Vous y serez seul, épouvantablement seul, inconsolablement seul. Peut-être croiserez-vous un chien, au poil collé, émigré de la ville, de la même race que vous, halluciné d'errer entre l'inactivité et l'ennui, rasant les incontournables murs en pierre apparente des maisons retapées, manquant d'air. Ce moment d'ennui vertigineux et de pure vacuité de l'esprit et du corps est celui de la sieste. La sieste est à la mort ce que le bac blanc est au baccalauréat, un exercice pour se mettre en condition, pour mieux se préparer à l'épreuve finale.

Vous voilà allongé sur votre lit, les volets de bois fermés filtrent les rayons du soleil, mais pas le cliquetis exaspérant des cigales et des criquets. Vous êtes nu, sur le dos, les yeux mi-clos, à ne rien attendre, dans l'exact appareil de celui à qui on va bientôt passer son dernier costume. Dehors, le monde s'est arrêté.

N'allez pas à la fenêtre. Surtout! N'y allez pas. Vous pourriez découvrir à travers les claires-voies une procession en train de se former devant chez vous. Ne descendez pas dans le salon, vous pourriez y voir un cortège à genoux de pleureuses silencieuses, votre propre femme en mantille noire parmi elles. Car on ne singe pas ainsi la mort impunément, chaque jour à la même heure, chaque été d'une vie, sans risquer de déclencher son courroux.

Un jour vient, identique aux autres, ensoleillé, soyez courageux, celui de la dernière sieste.

Les espèces disparues

L'été, dans la campagne, on redécouvre des espèces disparues. Je ne parle pas de la *Mustica deferla* ou de la *Cigala scatella*, mais de l'Ami 6, de la R4, de la 403. L'été nous ferait vite croire que c'est l'enfance qui continue. Les R4 y roulent encore. Elles ont des immatriculations à deux lettres, un F collé sur le hayon arrière, une porte qui n'est pas de la même couleur que les autres. Au volant, les vieux y sont les mêmes qu'en enfance, des vieux éternels, qui ne vieillissent plus, gravés dans le paysage pour toujours, saluant d'autres vieux, le béret sur la tête, les mains derrière le dos, qui marchent sur le bord de la route en plein soleil.

Saleté d'été qui nous ferait croire que l'enfance est un pays où on peut revenir régulièrement, impunément, éternellement. Alors qu'il suffit de jeter un regard lucide sur le dispositif familial autour de la grande table du jardin pour comprendre que les beaux étés de l'enfance ont disparu. Aujourd'hui, on fête déjà les dix ans du petit. Et le petit, ce n'est plus vous, c'est un autre être, qui vous ressemble peut-être un peu et qui vous crie de bonheur dans les oreilles. Il vous regarde, vous, au bout de la table, assis à l'ombre, usurpant la place du père. Vous avez – vous aurez bientôt – une casquette à visière sur le front pour éteindre définitivement votre regard clair d'enfant floué.

Dans le garage, il y a un 4x4 neuf de marque étrangère. Au fond du jardin, l'Ami 6 est une carcasse. Y nichent les poules.

Les journaux de l'été

Osez sans complexe, maigrissez en mangeant, mastiquez sans compter et cessez de penser, ou alors ne pensez qu'à baiser, baisez en couleurs, riez sans rides, pleurez sans larmes, dansez sans chemise, mettez du piment, musclez votre libido, libérez vos abdos, essayez la sodomie, buvez beaucoup.

Rechargez vos accus, remodelez votre cul, étirez votre pénis, profitez ça ne va pas durer, dépensez votre argent, épilez le maillot, perdez cinq cents grammes, gagnez du temps, prenez le temps de le perdre, devinez qui vient dîner, sachez recevoir, épatez vos amis, voyagez branchés, hygiénez librement, cuisinez sans honte, mangez sans pudeur, séduisez-la ce soir, sachez la lécher, vivez vos fantasmes, aimez-le volage, soyez futile, niquez-la dans l'herbe, trempez-la dans l'huile…

Eh bien, dansez maintenant.

Réinventez votre vie.

Pensez à vos obsèques.

L'entouristication

Je hais l'*entouristication* de nos contrées qui a succédé, dans la deuxième moitié du vingtième siècle sous nos climats, à la démoustication. L'entouristication commence par un élégant petit panonceau marron avec lettres blanches qui indique, dès la sortie de l'autoroute, le manoir des Gourmes, la grotte des Enfants-Perdus, le site archéologique de Zès, la pierre de Manétable, le sentier des Pèlerins, le chemin des Vierges-Roses, l'itinéraire du Père-Carré, la forêt de Soue, le bois de Vouillant, la clairière des Apparitions, la Ferme maudite.

Je voudrais un coin de France qui ne porte pas de nom, qui n'ait pas été balisé par la DDE, un coin sauvage, inhospitalier, sans identité, orphelin, sans garde-fous peints en blanc pour longer les précipices, sans table d'orientation postée sur un monticule d'où l'on peut apercevoir le Mont-Blanc par temps clair, sans épigraphe clouée sur les arbres pour dire leur âge et leur essence, sans station d'information tous les cent mètres, sans discours sur l'Histoire, sur Charles VII, sur Isabelle la Catholique, sans balise, sans références, sans allusions à aucun passé glorieux ; je voudrais un coin délivré de la patte de l'office du tourisme, un coin qu'aucun syndicat n'ayant pris aucune initiative, et n'étant chargé d'aucune protection ne connaîtrait, dont aucun dépliant en quadrichromie ne vanterait les charmes ni ne noterait d'un « à visiter », qui serait toujours ouvert, jour et nuit, et surtout pas sauf le lundi, un coin sans cartes postales, sans liqueur du pays, sans huile essentielle, sans marchands, sans temple, sans distributeur, ni de billets ni de Coca ; un coin de pure aventure, un coin non signalé. Un coin sans commentaires, sans guide, sans touristes déçus, sans touristes contents ; un coin sans entendre pardon, messieurs dames, vous êtes de la région ? Un coin où on n'aurait pas à répondre aux marcheurs égarés : Châteauneuf-les-Vieilles, je ne connais pas ; ni d'ailleurs Châteauneuf-les-Mines ; pas plus que Châteauneuf-les-Gorges ; je ne connais aucun Châteauneuf, ni ici ni ailleurs, à vrai dire je m'en tape, des châteaux, aussi bien les neufs que les vieux. Vous m'auriez demandé Châteauvieux-les-Corneilles, c'était pareil, je ne regarde ni les pierres ni les paysages, désolé, je ne photographie rien, je ne me souviens de rien, je ne veux rien retenir, je ne suis plus à l'école, ne veux pas savoir si 1612 est une date ou une altitude, et surtout je ne veux plus répondre à l'injonction « Partez à la découverte de ». De la faune sauvage, de la flore domestique. En groupes. En grappes. En grippe. Foutez-moi la paix.

Je voudrais un coin sans point d'eau « attention non potable », sans banc public Caisse d'épargne, sans remerciements au Conseil général ; un coin sans marcheurs infatigables, aux gourdes tintinnabulantes accrochées au sac à dos, un coin qui ne serait pas le même que celui des toujours ravis (« On a trouvé un coin cet été : ex-tra-or-di-nai-re ! »), ni celui des tout l'temps déçus (« On est tombés dans un coin ! Le-trou-du-cul-du-monde ! ») ; un coin sans prévention, sans mise en garde, sans assistance, sans poste de secours.

Je voudrais un coin, n'importe quel coin, tous ces coins-là, en hiver.

Ou alors un seul

Y a plus de moustiques. Tous éradiqués. Le temps est révolu où, enfant, sur la côte languedocienne, il fallait se passer les jambes nues au vinaigre pour pouvoir prendre le frais le soir, devant la porte de la maison, assis sous la voûte étoilée et sur les chaises de la cuisine qu'on sortait pour l'occasion. L'Aude et l'Hérault ne sont plus des pays de démangeaisons, de boursouflures et de fièvres. Il n'y a plus de moustiques, non, ça c'est un papillon de nuit, rien à voir, ça pique pas, ça non plus, avec des ailes gris bleuté marbrées de taches brun foncé, c'est un eudémis adulte, il ne te fera pas de mal.

Quand on te dit qu'il n'y a plus de moustiques, y en a plus.

Ou alors un seul. Dans ma chambre. Et un coriace, un obsédé darduel, un malade, un serial-piqueur, un psychopathe à pattes et à ailes vibrionnantes, un qui revient toujours sur les lieux de sa succion, un résistant au Baygon jaune, un rebelle au Tue-tout, un qui aime la chair blanche des héliophobes, la peau fragile des hiverolâtres. Dix fois au même endroit, par on ne sait quelle fringale, ou en même temps en dix endroits différents, par on ne sait quel talent ubiquiste, il pique, au creux de la cheville, à l'intérieur de la cuisse, sur le charnu de la main, dans le cou, sur la joue. À travers le drap, sous le drap. Cloné, il rôde autour de la lampe quand il sniffe en même temps la colle de la tapisserie, il vise le coin de mon œil quand il est censé être mort aplati, sous la semelle de ma pantoufle.

Je hais l'homme cul nu, la peau moite, l'œil noir, ébouriffé, debout à trois heures du matin au milieu de la chambre, un journal roulé en guise de matraque, sur le qui-vive, tais-toi je l'entends plus, ayant déjà éclaté quelque bibelot qui traînait sur la commode, ayant envoyé valdinguer plusieurs fois le lustre dont les trois ampoules commencent à défaillir, vociférant des putain on m'y reprendra, ne recevant pour toute réponse qu'un mais laisse-le, éteins la lumière, il finira bien par se lasser, grommelé du fond des draps par une voix condescendante et pâteuse ; je hais le rire féminin mais néanmoins homérique qui, une demi-heure plus tard, réveillera l'homme endormi sur une chaise, sa matraque de papier à la main, le cul nu constellé des marques d'affection répétées d'une culicidée maraudeuse, soucieuse d'assurer la survie de l'espèce.

Ce soir, à vingt et une heures

Je hais le dynamique président Badaruc de l'Olympique montoriolais, qui a eu la gentillesse de prêter ce soir le terrain de football au comité des fêtes de Mont-Oriol. Je hais les établissements Garanpion qui sonorisent le spectacle. Je hais l'animateur bien connu de tous les Montoriolais, j'ai nommé Jean-Patrick Duflont. Je hais le nous sommes, chers amis, le croirez-vous, dans le cadre de notre tournée d'été, à Mont-Oriol, j'ai bien dit Mont-Oriol, la patrie de Lucien Lamadon, je sens que ce soir on va mettre le feu. Je hais les sponsors locaux, le grand quotidien régional

La Campagne, la Banque agricole, les vins du Coteau noir.

Je hais la première partie de la soirée, où, condescendants, l'on fait monter sur le podium trois spectatrices au hasard, Marie-France, chômeuse, Valérie, étudiante, Sue Helen, esthéticienne, qui devront se contorsionner, les jambes écartées autour d'une quille en bois, pour faire rire la foule en tongs, mais qui ne repartiront pas les mains vides avec, pour chacune s'il vous plaît, un pack de vins du Coteau noir sous les applaudissements bon enfant du public venu nombreux.

Je hais le producteur de la pauvre petite auteur-compositeur-interprète parrainée par la Sacem, qui assure la première partie du spectacle et qui a dû s'équiper d'un étroit bandeau de cuir noir en guise de jupe, d'une chaîne dorée à gros maillons autour des hanches, d'un tee-shirt moule-tout comme je ne sais quelle *bad girl* pour enthousiasmer le dynamique président de l'Olympique montoriolais et le fringant secrétaire général du comité des fêtes, assis côte à côte au premier rang réservé aux personnalités en contrebas du podium.

Et je hais pour finir la prestation larsénante et crachotante de l'ex-vedette des années disco, Adriano Rosso – dont tout le monde ici se souvient du tube de l'été 80 *Storia d'amore* –, qui lutte là-bas sur la scène contre le fort vent d'ouest qui fait claquer autour de lui les bâches en plastique des sponsors, contre la sono qui enfouit sa voix sous les accords simplistes d'un mauvais orgue électronique, contre le public debout depuis deux heures qui, fatigué, a trouvé refuge près des baraques à saucisses, contre les enfants qui crient leur ensommeillement dans les jupes des mères, sur les épaules des pères.

L'été, parfois, je ne trouve pas la France si profonde que ça.

Été pleuviu, été foutu

Je hais les cartes postales humoristiques qu'on trouve l'été sur les présentoirs tournants à Castel-Fuyon, à Porte-les-Plages aussi bien qu'à La Flotte-en-Mer ou à Aigues-la-Ville. Ces cartes postales aux thèmes libidineux et aux couleurs salaces sont destinées à une catégorie bien précise d'amis ou de parents – on n'envoie pas ça à tout le monde – parmi lesquels on compte les inusables belle-mère, beau-frère, ou collègue de bureau. On les achète principalement les jours de pluie, l'après-midi, quand on ne sait pas quoi faire de sa peau, quand le tour de la station de vacances est la seule distraction possible. (Au passage, qu'on me laisse m'amuser du spectacle de ces familles oisives et indolentes qui défilent par grappes désœuvrées, en bermuda et K-Way, le long des éventaires, le nez dans les bacs d'invendus bradés, ignorant derrière eux le formidable spectacle de la mer déchaînée sous les rafales irisantes du vent marin.)

Alors, d'une main paresseuse, l'œil qui rit d'avance, mais la moue déjà dubitative, on fait tourner le présentoir. On hésite. Il y a cette sirène mutine et plantureuse dont les seins éblouissent comme un phare tous les marins à la ronde. Il y a cet homme congestionné, égaré dans les douches des filles, que des mains concupiscentes agrippent et déshabillent. Il y a sur la plage ces fesses étalées du même rouge écarlate que le visage de l'homme qui les convoite.

Nous en recevrons, de ces cartes-là. Il faudra alors, tout l'automne, souffrir ces traces criardes d'humour paillard aimantées sur la porte du frigo.

Si on mangeait dehors ?

Et si on mangeait dehors ? Que quelqu'un qui m'est proche, qui peut-être a de l'amour pour moi, ou au moins de l'estime, puisse lancer cette idée, d'un ton enjoué, un jour d'été qui ne commençait pas plus mal que les autres, cela m'échappe. *Si on mangeait dehors ? Ce serait sympa, non ?* Non.

Non, car manger dehors – sont-ils tous inconscients ? –, c'est d'abord prendre le risque majeur d'aller perturber l'écosystème, celui qui est bien en place autour de la maison et, par voie de conséquence, celui de tout un district, d'une région, d'un pays, d'un continent. On le sait, un battement d'ailes de papillon ici, un tremblement de terre en Californie ; un coup de fourchette dans une tranche de melon ici, une famine à Miami Beach.

La place de l'homme est-elle bien là ?

Son irruption dans le système peut être très mal comprise, aussi bien par la faune que par la flore. Ce monde a ses règles et ses us, ses codes et ses violences. Dans ce monde-là, monsieur, on se mange les uns les autres, sans forcément s'être aimés au préalable, dans un ordre immuable (les gros mangent les petits qui mangent les gros qui mangent les petits qui...), appelé ailleurs le cycle du crabe.

Manger dehors, c'est donc accepter de s'inscrire dans cette terrible chaîne de la vie, c'est admettre que l'homme se situe à mi-chemin entre le ver de terre et le ver de terre, qu'il en vient et qu'il y retourne. Exemple : tandis qu'on savoure innocemment un coteau-du-Layon de l'année, bouche fermée et yeux au ciel, accepter de partager ce moment avec un moustique, tout aussi bon vivant que vous, qui déguste, le dard sensuellement gonflé et les pattes négligemment croisées, une lampée de votre sang cuvée 2006 prise au creux de votre cheville.

Manger dehors, c'est se rendre à l'idée que la lutte avec d'autres espèces, couteau et fourchette en mains, est la forme ordinaire de la vie en été, qu'il faut s'y plier, c'est se disposer à en découdre avec la guêpe et la fourmi, la mouche et le mille-pattes ; manger dehors, c'est sauver un moucheron de la noyade dans son rosé des Corbières pour mieux essuyer sa dépouille sur le bord de la nappe ; c'est protéger une guêpe de la boulimie en la fouettant d'un grand coup de serviette qui renverse verres et carafe et la jette pattes frétillantes au milieu du saladier ; c'est éviter à un mille-pattes une mort certaine de funambule en l'envoyant gicler d'une pichenette quelque part dans les plis de la chemise de votre voisin ; c'est couper en deux le bébé lézard qui s'aventurait sur le dossier d'une chaise et qui repart fissa, moitié queue dans l'herbe, pour finir biodégradée et sans sépulture, moitié tête sur la terrasse brûlante, pour se régénérer.

Manger dehors, c'est accepter sans résistance de se laisser classifier dans une sous-catégorie hybride, entre les volants et les rampants, entre les carnivores et les herbivores.

L'été, déjeuner sur la terrasse, c'est admettre que l'homme, créature animale évoluée, vouée à disparaître par dispersion dans le végétal, est condamné pour l'éternité à chercher sa place entre deux règnes hostiles.

La vacance

Je hais la vacance. Je hais la vacuité des jours les plus longs. Je hais l'indolente posture que nous prenons sous le simple prétexte que, pendant trois mois, dans l'hémisphère nord, l'inclinaison de la Terre nous place sous des rayons solaires plus ardents. Qui nous oblige à ce ramollissement général ?

Mot d'ordre : ne plus penser à rien. Comme si le reste de l'année nous étions des penseurs forcenés. Ne plus s'occuper de politique, laisser quelques députés voter discrètement des lois scélérates dans le secret d'une chaude nuit d'août. Ne plus lire que des magazines aux articles lyophilisés sur les petits riens de saison. Plonger dans l'ère du vide, avec jubilation.

Je hais les bavardages de plage où on ne refait pas le monde, surtout pas, où on l'aime comme ça, le monde, ne changez rien, il y a le ciel, le soleil et la mer, il y a la salade de thon et les pêches à midi, il y a le bal en plein air de ce soir, il y a cet adorable string blanc dans la petite boutique branchée qui est sur le front de mer, il y a des cartes postales à écrire qu'est-ce qu'on leur met aux Durand ? La même chose qu'aux Dubois ?

Je hais les bavardages de plage où on refait le monde, ça coûte rien, non il ne s'agit pas de remédier au déséquilibre Nord-Sud, dont on s'accommode très bien, mais son monde à soi, emmener la petite chez l'ophtalmo, inscrire le petit au judo dès la rentrée, faire de la gym tous les matins, repeindre le portail ça devient urgent, peut-être changer de voiture quand même avant l'hiver.

Et puis d'abord je hais le volley sur le sable. Les hommes qui jouent leur vie à chaque point, les femmes qui font n'importe quoi, si ! tu fais n'importe quoi, ou tu joues ou tu joues pas, merde !

La mob

Je hais la mob. La mob est apparue dans les campagnes françaises dans les années soixante. C'est un insecte vertébré à moteur vibrant qui vit essentiellement en été sur les routes départementales et dans les ruelles des villages ; elle se nourrit de leur goudron. Elle migre en solitaire, parfois en couple, plus rarement en essaim. La mob des campagnes françaises présente la particularité de posséder un bourdonnement exceptionnellement sonore. On l'appelle « mob à pot scié ». Son rayon d'action est assez limité, de l'ordre de quelques kilomètres carrés. À l'intérieur de son territoire, elle se déplace de préférence par longues diagonales soulignées par une stridulation persistante ; elle le sillonne en allers et retours ininterrompus. Elle aime aussi virevolter, tournicoter, vibrionner, s'affairer et surtout démarrer, pour le simple plaisir d'amorcer une accélération, sans but précis, avant de revenir à son point de départ. La mob affectionne enfin de bourdonner sur place, positionnée sur ses deux pattes appelées béquilles, dans le but d'atteindre des niveaux de vacarme qui dépassent en décibels tout ce que la campagne peut compter d'engins hurleurs, y compris la tronçonneuse.

L'insecte se compose de deux parties : une ossature centrale, appelée machine, rigide, étroite et colorée, et un appendice plus souple sur le dessus, qui épouse sa forme, appelé, par ceux qui en sont les victimes, « jeune con » ou « taré » selon les régions.

Avec des moyens somme toute peu considérables, la mob peut ainsi empoisonner le paysage auditif de toute une population. Son timbre se reconnaît entre mille. Attention toutefois de ne pas la confondre – l'illusion sonore peut parfois être complète – avec l'abeille. À deux cents mètres d'un tympan, le bruit de la mob à pot scié peut ressembler à s'y méprendre, en persistance et en intensité, à celui de l'abeille à dard gonflé à trente centimètres d'une oreille. Même zézaiement exaspérant, mêmes virevoltes obsédantes. L'une et l'autre vont et viennent, ne s'éloignent que pour mieux revenir, zonent sans butiner, agacent, tarabustent et harcèlent, l'abeille commune étant assurément aussi désœuvrée que la mob, contrairement à la réputation qui lui est faite.

La mob ne s'éradique pas. Pas de Fulgator, ni Flytox, ni Tue-tout pour en venir à bout. La mob à pot scié est un fléau qui perdure malgré les gros efforts faits en faveur de la disparition des pompes à essence de village.

Associations de chasse, écologistes, riverains, touristes se mobilisent aujourd'hui pour la démobylettisation des campagnes.

On est bien

Place de l'Horloge, place de la Mairie, place des Lices… lieux d'indolence où l'on se prélasse, où l'on se délasse et se délace, où l'on s'autorise à regarder qui passe, sans vergogne, où l'on se regarde soi-même en train de regarder, où l'on compare les corps, où l'on commente les modes. Laisser passer le temps, inconscients du danger qu'il y a à ne pas tenter de le retenir. Se blottir derrière ses lunettes noires, parler de tout et de rien, à peine dire, à peine répondre, négligemment. Siroter la vie.

On attend quoi ? On rigole de tout, on ne produit rien, que des ricanements, de la fiente d'esprit. On se laisse badigeonner par l'ennui. On élève le désœuvrement au rang de bien-être. On boit son tango, son monaco, sa mauresque, sa tomate, son perroquet.

On est bien. On n'est rien.

Trychophyton

Le trychophyton mycosique enduré est un champignon qui pousse entre les deux orteils du marcheur, lequel découvre alors en un même élan les vertus de la marche à pied et celle de la chaussure Nike fabriquée à Taiwan. Le trychophyton provoque des rougeurs et des démangeaisons. Il cause parfois des fissures douloureuses. Il faut traiter rapidement ce champignon sinon il peut s'étendre au genou, au pli de l'aine, jusqu'aux testicules, voire, dans certains cas, aux amygdales.

Évitez dès lors les chaussures fermées, qui encouragent la grouillance du trychophyton.

Évitez également les sandales, évitez même de marcher pieds nus. Évitez si vous le pouvez les endroits publics, où séjournent obligatoirement bon nombre de microbes, virus et autres germes. Donnons un conseil simple : l'été, évitez, si cela est possible, de marcher. Restez chez vous.

Sinon, pour les abcès récidivants et les furonculoses, je conseille fortement au lecteur de prendre rendez-vous chez le jeune remplaçant du docteur de L'Hernandière, actuellement en congé d'été aux Caraïbes. Il y a de très belles photos de plage aux murs de sa salle d'attente.

Contradiction

Je hais ma morgue et mon arrogance d'espèce supérieure, en poids et en force, lorsque, au cours du repas, j'écrase avec indifférence sous la pulpe de mon index une fourmi égarée sur la table, avant d'essuyer négligemment mon doigt contre le pied de ma chaise pour réduire l'ex-vivante à l'état de miette, sans plus de considération pour elle que pour une sécrétion nasale séchée. Alors que cet être-là, tout comme nous, est un être qui peine, qui accepte sans rechigner les contraintes de son système social, qui assume sans jamais défaillir ses lourdes charges familiales, qui n'est pas aidé pour aller faire les courses, qu'on voit revenir des commissions avec des provisions cinq fois comme lui, qui a un nombre de bouches à nourrir toujours plus grand, qui a peut-être des cas de conscience, qui sait confusément que la vie est courte, surtout la sienne.

Prisonnier entre deux règnes, d'un côté asseyant ma supériorité à coups de Baygon vert, de l'autre assurant l'engeance en question de toute ma commisération, je verse une larme. « Ce soir, maman ne rentrera pas à la maison. »

La plage aux romantiques

Main dans la main, cheveux fouettés par le vent, nous marchons sur la plage. Nous avons tout oublié du malheur. Nous sommes deux échantillons représentatifs de l'espèce humaine en communion totale avec la nature. Et c'est beau. Derrière nous, l'empreinte d'un dessin que la prochaine vague va effacer. J'avais dessiné sur le sable ton doux visage qui me souriait. Et j'ai crié ! Une saloperie de vive de merde m'a transpercé la plante du pied droit ! Je suis irradié de douleur jusqu'à la moelle. J'ai très mal. Très. Vraiment. Je crains l'amputation. J'exagère toujours ? Oui, eh bien prends-en une dans le pied, on en reparlera.

« Comment laisser son corps s'épanouir et profiter pleinement de ses vacances ? » demande au même moment, le magazine *Loisirs Santé* posé négligemment sur la table du poste de secours. La réponse est simple. Il s'agit de positiver. Ou plus exactement : de po-si-ti-ver. La meilleure façon de prendre les choses du bon côté, ce n'est pas d'attendre qu'elles se retournent, dit le magazine. En effet, pourquoi prendre si mal, dans la douceur ouatée du petit matin frais, le fait de se découvrir, par exemple, une cystite galopante, consécutive à un colibacille de passage sur sa serviette de bain ? Quoi de plus naturel après un bon barbecue en famille arrosé d'un coteau d'Oc que de céder aux délices d'une courante interminable, dont la couleur le dispute en nuances subtiles avec la robe du vin bu trop frais ? Quoi de plus normal qu'un herpès qui cloque et croûte généreusement au coin de la lèvre parce qu'on a oublié le tube de crème protectrice sur le rebord d'un lavabo, tu ne pouvais pas m'y faire penser, non ? Quoi de plus attendrissant qu'une dermatophytose entre deux orteils, sous la forme d'une petite lésion rouge vernissé, qu'on dirait un fruit d'été naissant ? Quoi de plus poétique qu'un pityriasis versicolor répandu sur des seins grassement exposés aux regards ? Quoi de plus estival, en définitive, que cette mycose profuse, baignant dans le chaud marigot des maillots et des sandales, qui parcourt les corps de l'anus au sexe, du sexe à l'aine, voire à l'aisselle ou aux pieds, pour revenir au sexe, le vôtre ou celui du voisin, sans chichis, à la bonne franquette, sautant d'une table de camping à l'autre comme on se prête la salière ou le pot de moutarde, à la mesure de la décontraction ambiante ?

Au-dessus de moi, la voix du secouriste bénévole, occupé à me soigner la plante du pied avec le bout incandescent de sa cigarette : « Vous êtes pas très nature, vous, hein ? »

Bel-sur-Védère

Son château du XVIIe, son châtelain du XVIe, ses vieilles pierres, ses ruines, ses décombres, ses vestiges, ses tarifs chômeurs et plus de soixante-cinq ans, ses débris, son fantôme.

Son panorama, mettre une pièce d'un euro dans la fente, ses collines à perte de vue, sa chaleur à perte de vie, son autoroute à deux pas, sa pollution à l'ozone, son écrin de verdure saccagé, son écran antibruit, ses étrons au fil de l'eau.

Sa maison natale d'Ernest Charpentier, son hôtel le Bel Aujourd'hui où séjournèrent Gérard de Nerval et Augustine Le Baigneur, sa chambre sous les toits où vécut Joachim du Bellay enfant, son lit où dormit Napoléon, son lupanar où baisa Bonaparte.

Son eau-de-vie de prune, son vin de paille, son alcool de châtaigne, son marc de rose, sa gnôle de pastèque, sa goutte de poire, son schnaps de pomme, c'est du brutal, sa liqueur de noix, son apéritif d'orange, son digestif de citron, du bien par où ça passe, son laxatif de pruneaux, son eau ferrugineuse, ses sources cicatrisantes, son département de gastro-entérologie, son centre de don d'organes.

Sa commission Animation, sa carte Loisirs, qui ouvre à des réductions, ses multiples activités.

Son monument aux morts d'ennui, sa stèle aux victimes du spleen, son mémorial aux martyrs de la canicule, son mausolée aux disparus dans l'ombre.

Sa qualité de vie, son microclimat, son authenticité.

Statistiques

Ma haine de l'été pourra apparaître, je le sais bien, comme relevant d'une paranoïa personnelle, consécutive à une enfance malheureuse. Aussi m'a-t-il semblé nécessaire d'effectuer des recherches objectives. Sur Internet, que je sais sans états d'âme ni parti pris sur le sujet, j'ai tapé le mot « dangers », associé à chaque saison. Internet est catégorique. « dangers printemps » donne 16 000 réponses ; « dangers hiver », 17 000 ; « dangers automne », 14 500. Le mot « dangers » associé à « été » : 172 000 réponses. *No comment.*

Il reste que je ne saurais décourager ceux qui veulent malgré tout affronter l'adversité.

À titre purement amical, je donne ci-dessous la liste des têtes de chapitres réunies sous le titre « Conseils pour bien profiter de votre été » : Abcès, Abeilles, Allergies au soleil, Araignées, Coups de soleil, Cystites, Diarrhées, Herpès, Insolations, Jet lag, Jambes lourdes, Mal de mer, Mal des montagnes, Mal des transports, Mycoses cutanées, Otites, Piqûres, Sumac vénéneux, Traumatologie, Trousse d'urgence, Trychophyton, Vaginites, Verrues.

Je voudrais toutefois rassurer ceux que cette litanie inquiéterait : la probabilité que tous ces maux frappent le même individu le même été est quasi nulle. Il reste qu'une vaginite, une otite, un herpès et une piqûre d'araignée tout ensemble la même semaine peuvent largement suffire à vous faire rêver aux vacances de la Toussaint.

Faits divers

Aucune saison n'est plus propice que l'été aux catastrophes naturelles en tout genre et aux faits divers les plus sordides. Aucune saison ne supporte autant de crues dévastatrices, de sécheresses du siècle, d'avions mal dirigés, de bateaux surchargés, de scooters des mers emballés, de vététistes enravinés, de pédophiles surexcités.

Une fillette de huit ans, Virginie B., a disparu près de son domicile hier vers 17 heures à Saint-Soulin-de-Rivière alors qu'elle se rendait chez sa grand-mère comme tous les jours pour lui apporter un petit pot de beurre.

Gérard V., un touriste de quarante ans, qui

nageait au large de Saint-Balmain, a été coupé en deux par un scooter des mers. Ses jambes ont été retrouvées quelques heures plus tard sur la plage des Flots-Bleus, son buste a échoué le lendemain matin au pied du phare de Saint-Balmain.

Helmut W,. un alpiniste chevronné originaire de Bavière, dévisse à l'aiguille du Midi, son corps se disloque sur les arêtes rocheuses deux cents mètres en contrebas. Les opérations de secours ont été interrompues par la nuit.

La petite Samantha S. meurt noyée, prisonnière d'une bouche d'aération, dans l'un des bassins de la piscine municipale d'Antillac.

Le panier à provisions de Virginie B., la fillette qui a disparu avant-hier près de son domicile à Saint-Soulin-de-Rivière, a été retrouvé par un promeneur au bord d'un chemin qui longe l'autoroute A43, sur la commune de Bagnols.

Cette nuit, vers une heure du matin, à Marges-la-Ville, un homme de cinquante-cinq ans a tiré à la carabine sur des adolescents qui chantaient au bas de son immeuble. Le jeune Rachid A. est décédé de ses blessures dans l'ambulance qui le transportait à l'hôpital de Garches.

Le corps de Virginie B., la fillette qui avait disparu lundi après-midi près de son domicile, et dont on avait retrouvé le panier en bordure de l'autoroute A43, a été découvert à demi dévêtu dans un fourré près du village où habitait sa grand-mère.

Le Boeing 737 de la Seasexandsun Airlines, filiale de la compagnie Dirladala, qui assurait la liaison Athènes-Thassos, s'est abîmé cette nuit vers 3 heures dans la mer Égée. Aucun survivant parmi les 217 passagers, pour la plupart des touristes.

Aux obsèques de la petite Virginie B., un octogénaire oublié par ses enfants dans leur voiture garée sur le parking du cimetière est mort de déshydratation.

Osmose

Les vagues dépeignantes du vent, le harcèlement sournois des oiseaux, le chant, monotone et pénible comme des acouphènes, des grillons, l'eau du bassin qui glougloute sans répit, les branches érafleuses, les bourdonnements frôleurs, les ombres mouvantes, les papillons, les frelons, les herbes urticantes, les boutons sur la peau, les zébrures… Dans mon fauteuil de plastique blanc, au pied du cyprès, je suis peu à peu happé par l'osmose.

Aucun son humain, pas de paroles, rien d'intelligible, rien d'intelligent, que du gazouillis, du bruissement, du ramage, et du rut. Je suis en train de devenir sourd à la parole humaine, sourd comme un tronc, je me déshumanise, je me végétalise, je prends racine, je change de règne.

Plus rien ne me rattache à la civilisation pensante. Panique soudain de ne plus en faire partie.

Heureusement, entre mes doigts, mon Bic. Son clic, que j'actionne nerveusement, vient à point conjurer l'orchestre ennemi et me ramène à *ma* civilisation.

Coda

C'était un matin de l'été 2005, d'août, sans doute. Au-dessus de la plage de Port-l'Ancienne, on vit arriver par l'ouest un petit avion jaune aux ailes oscillantes qui traînait dans son sillage une banderole publicitaire. On leva les yeux, on fronça le front, on mit la main en visière. Toute la plage s'efforça de lire le slogan écrit sur la banderole, que le vent tordait en spirale. Le message était difficile à déchiffrer. Il n'annonçait manifestement pas une soirée exceptionnelle au Bimbo's Bar, ni une animation au club Mickey, ni le supplément « Sports et Loisirs » du journal local, ni une fête des olives, ni une élection de miss. Au bout de la plage, le petit avion vira sur l'aile et revint longer le rivage à la verticale de la crête des vagues. Quelques-uns purent enfin lire le message de la banderole : « L'essentiel n'est pas ce qu'on a fait de l'homme, mais ce qu'il fait de ce qu'on a fait de lui. »

De parasol en parasol, on se répéta la phrase, en la déformant, et sans la comprendre.

On attendit la suite, le passage d'un deuxième avion peut-être, qui donnerait la clé de l'énigme. On scrutait le ciel, on espérait.

Il n'y eut pas d'autre avion, seulement celui-là, qui passait et repassait au-dessus de la foule des estivants. Quelques-uns commencèrent à trouver cela suspect. Des femmes rappelèrent leurs enfants, qui s'étaient trop éloignés. Une sourde inquiétude planait maintenant au-dessus des vacanciers.

L'avion continuait son manège. Quelques touristes se sentirent mal à force d'essayer de comprendre l'étrange slogan, des enfants s'y brûlèrent les yeux, quelques sanguins s'échauffèrent devant une telle provocation. On finit par le prendre en grippe, cet avion qui avait plaisir à ne rien nous vendre. Une petite délégation spontanée se rendit au poste de secours. Les surveillants de baignade, armés de jumelles, furent d'accord pour dire que la phrase volante, bien qu'ils ne la comprissent pas, était trop signifiante pour être inoffensive.

On les entourait. On exigea des informations. Il y eut bientôt une centaine de baigneurs en colère regroupés autour du poste de secours. Cela tournait à l'émeute. Le maire, qu'on était allé chercher au bar de la Plage où il sirotait une mominette, se vit sommé de faire quelque chose. Accroché à son téléphone portable, en plein soleil, les yeux rivés au ciel, il tentait à la fois de joindre le préfet et de saisir le sens de la phrase qui flottait au-dessus des têtes.

Une de ses administrées s'évanouit devant lui. Il obtint enfin le préfet au téléphone, lui exposa le problème. Au bout du fil, le préfet ne comprenait rien, quoi, un avion, non pas un bombardier d'eau, un petit Jodel jaune, eh bien quoi, une banderole ? Plus le maire expliquait, moins il se faisait comprendre. Son épouse s'y essaya, cela ne changea rien.

Au téléphone, le préfet entendait nettement que cela grondait sur la plage de Port-l'Ancienne. Son directeur de cabinet, accouru, lui souffla à l'oreille que cette histoire d'avion ne sentait pas bon, qu'il y avait là, sous l'énigmatique de la phrase-banderole, comme une menace qui ne disait pas son nom. Le petit avion jaune en était peut-être à son vingtième passage. C'était certain, il narguait. Il y avait des enfants sur cette plage, l'autorité publique ne pouvait pas prendre de risques. Les gendarmes mobiles furent diligentés. Ils arrivèrent vite. On les déploya. On craignait l'attaque terroriste.

L'ordre fut donné d'une première sommation. Puis de tirer. Le petit avion jaune s'abattit en mer, à moins de trois encablures du rivage, comme une feuille morte. La banderole disparut à sa suite.

Soudain, il n'y eut plus rien que le ciel, le soleil et la mer, le silence aussi, et les odeurs de frites. Les femmes et les enfants, affolés, ramassèrent serviettes de bain, seaux, pelles et parasols et quittèrent la plage sans traîner. Quelques hommes montrèrent leur courage en se postant au bord de l'eau pour faire barrage à tout ennemi qui surgirait du cockpit de l'avion désormais englouti.

Le lendemain, à la une du journal local, on expliqua qu'on n'avait pas retrouvé le pilote du petit avion jaune, que le mystère restait entier. Le localier avait déniché un seul témoin capable de lui répéter in extenso la phrase de la banderole : « L'essentiel n'est pas ce qu'on a fait de l'homme, mais ce qu'il fait de ce qu'on a fait de lui. » Il la lui fit redire plusieurs fois. Ne jugeant pas le témoin très fiable, il prit à tout hasard ses coordonnées, pour finalement renoncer à publier la phrase suspecte, de peur d'effrayer ses lecteurs.

Sur la plage, tout était rentré dans l'ordre. Quelques gendarmes arpentaient le front de mer, pour rassurer. On retrouva vite le goût de la vacance. L'été pouvait continuer à se répandre.

Toute trace de sens avait disparu.

Table

Achevé d'imprimer en mai 2007 par Liberdúplex (Espagne)
n°édition : 87500
49.2723.01.02